イツモ。イツマデモ。
Forever

縦の糸はあなた。横の糸は私。

逢うべき糸に出逢えることを、人は仕合わせと呼びます。

中島みゆき 「糸」

愛する人と、自由な人生を。

Origin

妻のさやかと出逢ったのは、13年前の夏。
俺が20歳の大学生、さやかが19歳の専門学生のときだった。

ちょっとした飲み会で知りあい、何度かふたりで遊ぶようになった頃、夜の公園で交わされたなにげない夢トークが、すべての始まりだった。

「ねぇ、そういえばさ、さやかちゃん、夢とかあるの？」
「夢？ う〜ん…」
「なんでもいいぜ、気軽な感じでさ」
「知りあって3回目くらいで言うのはなんだけど…。あえて言えば、わたしの夢は、あゆむクンの妻を極めることだと想う」

えっ？ マジで？
俺の妻を極めることが夢？
なぜ？ この美女が？

「一応、聞くけど…。それ、ギャグじゃないよね？」
そう確認したうえで、数日後、俺から告白して、ふたりは付き合うようになった。

Early Days

さやかと付き合い始めた頃。

20歳の俺は、いわゆる自分探しBOYだった。

親に高い授業料を払わせ、仕送りまでもらっているくせに、大学もサボりがち。
普通のサラリーマンにはなりたくない！ とか言いながら、本気になれる夢やなりたい職業があるわけでもなく。
ありあまるエネルギーをどこに使っていいのかわからなくて、バイクをぶっ飛ばしたり、カラオケではじけたり、飲んで騒いでは、いろんな人に迷惑をかけたり…。
未来への不安を感じながら、なにかのきっかけを探している俺がいた。

ぶっちゃけ、こんな俺との将来を、さやかはどう見ているんだろう？
こんな俺の妻を極めても、ずっと楽しくいられるのかな？
早く、なんとかしなくちゃ。でも、どうすれば…。

小さなアパートで、ひとり、タバコをふかしながら。
オザキを聴いて、天井を見上げているだけの俺だった。

Cocktail & Dreams

さやかと付き合って1年も経たない頃。
20歳の終わり。

俺は、初めて本気になれる夢を見つけた。
自分の店を持ちたい！

すぐに大学を辞め、バーテンダーの修行を始め、借金でかき集めたお金で、仲間と小さなアメリカンバーを始めた。

開店当初、いろいろとうまくいかなかった時代は、信じられないくらいの貧乏ライフで、さやかがバイト先からパクってきたパンとサンドイッチが俺の主食だったし、デートはいつも吉牛だった。
でも、すごくおいしくて、ふたりではしゃいで食べてたのを覚えてる。

最終的に、店はブレイクし、2年間で4店舗に広がるまでになった。

ぶっちゃけ、店が成功したことで少しリッチになったし、いわゆる「起業家」ってことでチヤホヤされたりもしたけど、そういうものは、予想外にハッピーをくれなかった。
大きなハッピーをくれたのは、俺にとって大切な人たち、さやかや仲間たちが楽しそうに笑っている姿だった。

俺が目指していく方向を決めるうえで、これは、大きな学びだった。

Keep Sanctuary in Your Heart.

23歳のとき、俺は新しい夢に出逢った。
自分の自伝を出版したい！

またゼロからチャンレンジしてみたくなった俺は、すべての店を仲間に譲り、新たに借金をして小さな出版社を始めた。

店のときと同じく、素人からのスタートで、新しい仲間たちと夢に向かって必死に頑張っていたんだけど、なかなか結果はついてこなかった。
マックス時は3000万円の借金を背負い、離れていった仲間もいたりして、それなりに辛い時代が続いた。

多くの人が、「出版はあきらめて、また店をやりなよ」って言っていたけど、さやかだけは絶対にそう言わなかった。

「仕事のことはよくわからないけど、まったく心配してないよ。あゆむだから、きっと大丈夫なんだろうなって、私は想ってる」。
さやかのそんな言葉は、出逢った頃から今まで、ずっと変わらない。

「あなただから、きっと大丈夫。私は信じてる」。
さやかが漂わせている100％の信頼オーラ。
落ちたときの俺を支えているものは、ポジティブシンキングや勇気や行動力などではなく、きっと、これなんだと想う。

あたりまえのことだけど、逃げずに頑張り続ければ、必ず、春は来る。
厳しい時代をなんとか乗り越えて、新しい仲間も加わり、ヒット作も生まれ、会社は軌道に乗り始めた。

Propose

26歳の秋、俺はさやかと結婚した。

正式に結婚を決めたのは、25歳のときだったと想う。

出逢った頃から、さやかは、「私の夢はあゆむの妻を極めること」っていうプロポーズをしてくれていたわけで、あとは、俺からのプロポーズが必要なだけだった。

出逢ったときと同じジーンズをはいて、出逢った場所に行って。
シンプルな指輪を渡して、ゆっくりふたりで話した。

「今回の人生は、最後まで一緒に生きような」。

千葉県の片隅の小さなアパートの階段に座って。
俺たちふたりは、静かに、人生を重ねる約束をした。

NO REASON

さやかと結婚しよう。
そう決めたとき、なんの迷いもなかった。
だからといって、これといった理由があったわけでもない。

この人と、一生、一緒にいるんだろうな。
ただ、淡々と、そう感じていただけ。

今回の人生は、最後まで一緒に生きよう。
その気持ちと覚悟を、互いに確かめ合っただけ。

出逢ってすぐに、俺と人生を重ねたいと言ってくれたさやかに、
その理由を聞いてみても、答えはいつも同じだった。

「ただ、そう感じてただけなの」。

人生最大の選択に、理由なんてない。

World Journey

さやかとの結婚を決めた頃。
俺は、出版社の経営を離れ、またゼロから新しい夢に向かった。
次は、さやかと世界一周だ！

結婚式の３日後から始まる、エンドレスハネムーン。
期限も決めず、コースも決めず、気の向くままに世界を放浪しよう。
そして、金がなくなったら帰ってこよう。
それだけを決めて出発した。

約１年８ヶ月間、大きなバックパックを背負い、多少の金と世界地図を片手に、体内のワクワクセンサーに導かれるまま、ふたりで世界中の路上を歩いた。

文字通り、南極から北極までの大冒険になり、忘れられない感動的なシーンは無数にあるけど、意外にも一番心に残っているのは、さやかがパリでショッピングをしながら、嬉しそうにはしゃいでいるときの表情だったりするから不思議だ。

俺にとっての旅は、どこに行くか、なにをするか、というよりも、誰と行くか。
大切なのは、場所や内容よりも、相手なのかもしれない。

ふたりで、世界中の風に吹かれながら。
いっぱい話して、いっぱい笑って、いっぱいケンカしながら。
互いの幸せのカタチを共有できたことが、一番大きかったと想う。

Island Life

世界一周の旅を終え、俺たちは沖縄で暮らし始めた。

シンプルに、ふたりとも海が好きだから。
そして、この島の空気に触れ、ここで子供を産んで育てたいな、と感じたから。

しばらくの間、仕事もせずに沖縄をフラフラして、この島に波長を合わせたあと、俺は、また新しい夢に向かった。
沖縄に、自給自足のアイランドビレッジを創ろう！

新しい仲間を集め、借金して、まずはアジトとなるカフェバーと海辺の宿を始めた。
また貧乏からのスタートだったけど、きれいな海と、楽しい仲間と、気持ちのいい音楽に囲まれて、とってもPEACEFULな日々が始まった。

さやかも沖縄料理を習い始めたり、ビーチを散策したり、俺の店に遊びに来たりしながら、のんびりとマイペースで沖縄ライフを楽しんでいた。

「そろそろ、子供ほしいな」。
それが、その頃のふたりの合言葉だった。

Father

30歳を目前にした春。
俺たちふたりのあいだに、念願の子供ができた。

すでに、弟や妹にも子供がいたこともあり、なかなか子供ができずに、さやかはプレッシャーを感じていたと想う。
俺も、「できるべきときにちゃんとできるから、心配ないよ」って言いながら、少し不安だったりもした。

その分、妊娠を初めて知ったときは、とても感動的だった。
産婦人科から戻ったさやかが、号泣しながら俺の部屋に入ってきて、「子供できてた。子供できてた…。うれしい…」って、何度も何度も泣きながら繰り返し言ってて。

俺も、「やったぜ！　やったな！」という気持ちが溢れてくると同時に、「さぁ、父ちゃん、しっかり稼いでいかないとな。それが男の責任だしな」っていうプレッシャーが、じわっと胃の下の方に広がってきたのを覚えている。

俺も、いよいよ父親になるんだ。

子供ができた喜びと、お金というリアルの間で。
ひとり静かに、ジョン・レノンを聴き続けていた夜だった。

Heart Beat

ふたりで産婦人科に行った日。

俺は、初めて、さやかのおなかの中で動いている自分の子供の映像を見た。
そして、特殊なマイクを使って、子供の心臓音を聴かせてもらった。

子供は、まだ、身長が10センチくらいで、ちょっと魚みたいだった。
そして、心臓の音は、ドンドンドンドン…って、すごく早かった。
目を閉じて、静かに、妻のおなかの中から発せられる、小さな新しい命の音に耳を傾けていると、だんだんと全身に心地いい震えが広がり、今までに感じたことのない不思議な快感に包まれた。

これ、やばい…。
今までに聴いたどの音楽よりもすごい…。
瞬間的にそう感じて、しばらく鳥肌がおさまらなかった。

小さな産婦人科の一室で、新しい命の音に包まれながら。
ひとりで、ナチュラルハイになっていた俺でした。

Name

さやかのつわりもようやく終わり、少し落ち着いてきた頃。

俺たちは子供の名前を考え始めた。
少なくても、２人は子供が欲しかったので、最初から２人分の名前を考えよう、ということになった。

何万回も口にしたり耳にしたりする言葉になるので、音の響きだけは意識しながら、ただ、俺とさやかの心の真ん中にある言葉を探した。

海のように、空のように、強く優しく大きな人に育ってほしい。
そんな、ふたりの想いを込めて。
男でも、女でも、最初の子を「海《うみ》」、次の子を「空《そら》」にしようって決めた。

名前が決まった日から、さやかのおなかの中にいる赤ちゃんが「海《うみ》」と呼ばれるようになり、急に存在がリアルになった。

New Life

出産を目前にしたある日。
俺は仕事から帰る途中に、大きなバイク事故を起こしてしまった。

出血多量と肺の破裂、全身の数十箇所を骨折して、意識不明の重態。生命が保証できない、という状態に陥り、両親や家族も病院に呼び出された。

そして、俺の事故の３日後。
さやかは、長男の「海《うみ》」を出産した。

まだ意識の戻らない俺を案じながら、妊娠10ヶ月の身体で、警察や病院との様々な事故処理などをこなし、精神的にも肉体的にもボロボロになりながらの出産。
もう、言葉では言いようがないが、とにかく、ひとりで大変だったと想う。

「病院で意識を失っているあゆむを見たとき、本当にショックだった。その瞬間から、本気で、あゆむと産まれてくる子供のためにも、私が強くならなきゃって、ずっと自分に言い聞かせてたんだ。いつか、普段どおりの幸せな日が必ず戻って来るから、それまでの辛抱だって思いながらね。でも、思ったより早く戻って来たよね」。

退院後、キッチンで笑いながらそう言っていたさやかを見て、俺はとても驚き、心から尊敬の気持ちでいっぱいになった。

このとき、本当の意味で、「さやかの強さ」みたいなものを初めて感じた。

今まで付き合ってきて、ずっと、俺がさやかを守ってきたつもりだったけど…。
正直、もしかしたら、守られていたのは俺なのかもしれない。

Family & Friends Save my Life.

事故の後、病院で過ごした1ヶ月間は、かなりディープな闘病ライフだった。

事故から7日後に意識が回復してきてからは、朝から晩まで24時間、全身を刺すような痛みに苦しみながら、赤信号を無視して突っ込んできた相手への怒りに震えながら、もしかしたら、俺はもう元の身体に戻らないんじゃないか？ という不安と闘いながら、マイナス志向のスパイラルに、どこまでも落ちていきそうになる夜が続いた。

今までの人生で、出逢ったこともないし、ありえないと想っていた、「他人への憎しみに満ちた自分」「弱音ばかりを吐いてしまう自分」「恐怖や不安に負けそうになる自分」を目の当たりにして、とっても動揺したし、体験したことのないフィーリングをたくさん感じた。

そんなとき、いつも、ギリギリのところで俺を支えていたもの。

それは、身近にいる大切な人たちの存在だった。
さやかや産まれてきた子供、両親や兄弟、そして、仲間の存在。
あいつらが待っている、元気になって戻れば、そこにまた楽しいことが待っている…。
そんな、シンプルな希望みたいなものだったと想う。

病院のベッドに横たわり、ひとり、痛みや不安と闘い続けながら。

「あの人たちの存在があって初めて、俺という人間は生きているんだ」
そんな、あたりまえのことを、全身で実感させられていた。

with OCEAN

事故と出産から数ヶ月が経った頃。

退院した俺は事故後のリハビリ、さやかは出産後のリハビリを終え、ようやく、家庭内に平和な日々が戻ってきた。

また、仲間たちと元気に仕事をしつつ、空いている時間は、ほとんどすべて、息子の海《うみ》と過ごすようになった。
海と一緒にいるのがあまりにも楽しくて、自分でもびっくりするくらいの親バカが誕生してしまった。

もちろん、可愛いだけじゃなくて、せっかく作った離乳食は全然食べないし、スーパーでは泣きわめくし、レゴをリビング中に投げまくるし、風呂では頭を洗おうとすると怒り狂うし…って、たまにぶっとばしたくなるときもあるけど、やっぱり、身体全体に溢れてくる圧倒的なLOVE。

すべての疲れをパワーに変えてくれるあどけない寝顔も、
初めて俺のことを「とうちゃん、とうちゃん」って呼んでくれたときの声の響きも、
さやかに内緒で、一緒にコーラを飲んだときの「おいしいなぁ」って笑った顔も、
ハイハイしながら寄ってきて、俺の足にチューしてくれたときの感触も、
ひとりで歩こうとして、一生懸命に頑張っている姿も…。

父親というものになると、こんなことで感動できるんだ、って本当に驚いた。

PEACEとか、ONE LOVEとか、幸せとか。
もしかして、ずっと求めていたフィーリングはこれかもしれないな、って想った。

父親になるって、すごいや。

Between Parents and Children

両親が、沖縄に遊びに来た。

自宅で、寿司＆ピザーラを食べながら、みんなで過ごすひとときき。
リビングには、"高橋"という人がいっぱいだ。

自分の子供と、自分の両親が共にいる風景は、とってもPEACEFUL。

ふっとベランダを見ると、おふくろが、孫である海を抱いて、
「確かに、あゆむの小さい頃にそっくりね…」とつぶやきながら、
遠くを見つめていた。
31年前にフィードバックしているおふくろの横顔を見ながら、俺までちょっぴりセンチな気分になった。

俺は、この人たちの子供なんだな、って、なんだかあらたまった気持ちになり、いろいろな想いが胸に溢れてきたけど、結局、何も言えなかった。

産んでくれてありがとう。
おやじとおふくろにもらった今回の人生。
大切な人を大切にしながら、最後までおもいっきり生きます。

Friend's Wedding

湘南の海の家で、友達のウェディングパーティーがあった。

手作りのぬくもりが溢れていて、とっても素敵な時間だった。
久しぶりに、しびれたね。
やっぱり、結婚式というものが持つあのハッピーな空気は圧倒的だ。

結婚するふたりはもちろん、両親や家族も、親戚も、友達も、みんなで泣いたり笑ったりしながら、ひとりひとりの心の中に溢れてきた幸せな空気が会場中を包んでいて、その場にいるだけでPEACE。

結婚って素晴らしい。
家族って素晴らしい。
友達って素晴らしい。

そんな気持ちをまっすぐに感じられた夜だった。

おめでとう。
これからも、お互いに、そして一緒に、楽しいことをいっぱいしような。

with SKY

息子の海が１歳を過ぎた頃に、ふたり目の子供ができた。

すっごく嬉しい反面、まだ長男の海も１歳だし、これはまた大変なことになるぞ…と、自分の中でスイッチが入ったのを覚えている。

今度は女の子。名前は「空《そら》」。
ナウシカみたいに、強く優しく大きな女性になって欲しいねって、さやかと話してた。

まぁ、俺は、女の子であろうと気にすることなく、ストーンズをガンガン聴かせながら育てちゃうけどね。
どうせ、俺がいないときに、さやかがエンヤでも聴かせて、バランスとってくれるでしょう。

Birth

ふたり目の空のときに初めて、出産に立ちあうことができた。

出産予定日の数日前から、さやかはもちろん、俺も神経張りっぱなしだったし、海もそういった変化がわかるのか、今まで見たことのない妙なハイテンションだった。
そして、いよいよ、さやかの陣痛が始まり、みんなで産婦人科へ急行した。

分娩室で、さやかは顔をしかめて、死にそうな叫び声をあげていた。
本当に苦しそうで、横にいる俺まで胸が痛かった。
でも、男の俺にできることは、そばにいて、さやかの手を握りしめることだけ。
あまりの無力さに、自分が嫌になったよ。

出産直後。
さやかは目を閉じたまま、誰にでもなく、小さな声でつぶやいていた。
「ありがとうございます。ありがとうございます」って。

あの空間に流れていた感動は一生忘れない。

さやか、大変だったな。
本当におつかれさま。

愛してるぜ。

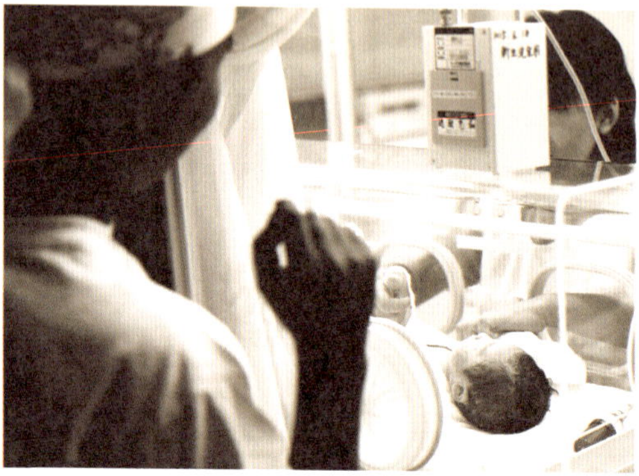

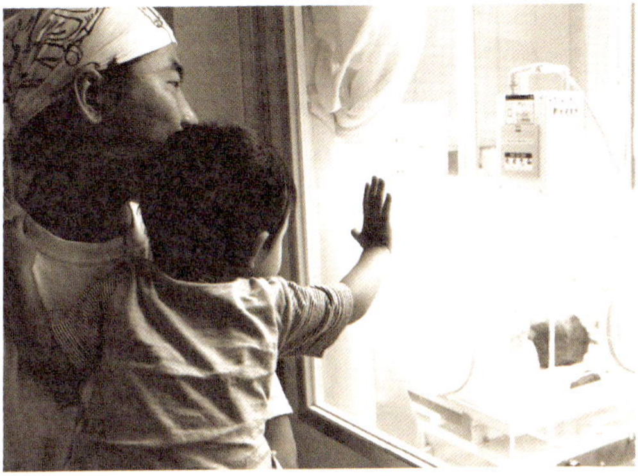

Ring

子供たちが生まれ、育っていく慌しい日々の中で。
おじいちゃんが亡くなった。

同じ時期に、家族の中で、生と死が重なる。

おじいちゃんの葬儀、告別式、納骨などが、ひと区切りしたあと。
ひとり、空を見上げながら、想った。

あたりまえだが、この人がいなければ、俺はいない。
もちろん、息子の海や娘の空も、世の中に存在していない。

おじいちゃんが生きていた証は、ずっと、つながっていくよ。
さようなら。そして、ありがとう。

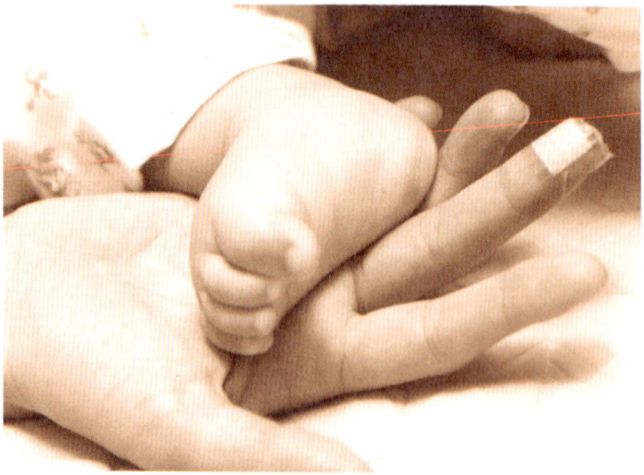

Family Tree

2歳になった息子とふたりで、スーパーで買い物をしているときのこと。

「ぼうや、お名前は？」って話し掛けてきたおばさんに向かって、息子の海が、「高橋海です！」って答えているのを聞いて、ふっと、「そういえば、こいつも、高橋なんだよな」って、変な実感があった。

おじいちゃんおばあちゃんから、おやじおふくろ、そして、俺とさやかから、海と空へ、そしてこいつらの子供へ…というファミリーツリーがいきなり頭に浮かんできて、「血」というものの存在を、一瞬、リアルに感じた。

でも、俺の中では、血のつながっている人だけが、「家族」ではない。
妻のさやかはもちろん、いつも一緒に頑張っている仲間たちも、みんな家族だと想っている。

大切な人と大切な人が、ひとりひとり、つながりながら。
ファミリーツリーは成長を続ける。
俺は、その一本の枝として、今という時間を生きている。

Lifework

事故があり、子供の誕生があり、おじいちゃんの死があり。
この時期から、俺は、人に対して、「人生単位の付き合い」みたいなものを欲するようになった気がする。

もしかしたら、「死」というものを身近に感じたからかもしれない。
この人生という限られた時間の中で、たくさんの人と付き合おうとするのではなく、なるべく少数の人と、互いの人生を重ねながら、深くじっくりと付き合っていきたい、と想うようになった。

今まで出逢った、そしてこれから出逢うであろう大切な人たちとともに。
ライフワークを共有しながら、チームワークを熟成させながら。
今回の人生を、おもいっきり楽しんでいきたい。

人を愛するということは、その人の人生を知るということ。

何かをやってあげたり、教えようとする前に。
まずは、相手を知ろうとすること。

それが、優しさなのかもしれない。

After the War

仕事がうまくいっているときはいくら頑張っても疲れないが、なかなか結果が出なかったり、仲間との関係が悪くなったりしたときは、どっと疲れが襲ってくる。

俺は、疲れてくると、どうしても、さやかに対して厳しくなってしまう。
そんなときは、ふたりの波長が合わず、ケンカが続く。

自分で言うのもなんだけど、俺は、普段ほとんどイラついたりしない。
イラついて理不尽な言葉を吐いたりするのは、世の中で、さやかに対してだけだ。
それが、甘えているということ。

一番大事な人に、一番冷たくしてどうする？
大切な人を、ちゃんと大切にしよう。

ケンカの後、自分の部屋に戻って、ひとり。
そんなことをノートに書いている俺でした。

Letters

さやかとケンカした翌日に、俺の机の上に置手紙があった。

『ありがとう』と『ごめんね』を、もっと素直に言えるようにするね。

そう書いてあった。

難しいことは何もない。
本当は、それだけでいいのかもしれない。

Father's Back

久しぶりに、父親とふたりで酒を飲んだ。

父親の行きつけの店を３軒ハシゴしながら、なんだか父親の日常に触れた気がして、嬉しい気分になった。
ふたりで飲んでいるときに、さりげなく父親が語っていた言葉たちが、頭の中にフィードバックしてくる。

「やっぱさ、子供の前で言うのもなんだけど、子育てとか家族とか言っても、結局は、夫婦の愛がすべてでさ。お父さんは、正直、今でもお母さんが一番大事だし、一番怖いな。ある意味、お母さんに嫌われないために頑張ってるって感じだな」。

ここから延々と、最近、自分が作ったブリカマの煮物をお母さんが喜んで食べてくれて嬉しかったという話、お母さんがどれだけ素晴らしい人間か、どれだけ多くの人に愛されているか、そんな妻自慢トークが続くんだけど…。
「俺だって息子なんだから知ってるつぅーの！」とは、さすがに突っ込めなかった。

でも、俺は、母親のことを自慢げに話しているときの父親が大好きです。

My Fuel? My Brake?

バレンタインには、毎年、妻のさやかがチョコレートと一緒にラブレターをくれるんだけど、なにげにそのラブレターが、いつも楽しみ。

20歳のときに初めて逢ってから、もう13年になるけど、相変わらず、あの人のひとことによって、俺は一喜一憂させられてるとこあるし。

一緒に過ごせば過ごすほど、どんどんさやかのことが好きになってる。

俺は、さやかが嬉しそうに笑っている顔を見ると、頑張れる。
間違いなく、それが俺の燃料になってる。

逆に、さやかとケンカしたり、仲が悪くなったりすると、仕事も含めて、すべてのやる気を喪失してブレーキがかかりまくる。

ジョン・レノンも言っていたけど、やっぱり、男にとって愛する女性の存在は、力の源であり、弱点でもあるな、って想うね。

Only You

ホワイトデイの夜。
同じ家の中にいるさやかからメールが来た。

「私は、あゆむと逢って、人を好きになる、人を愛するということを初めて知った気がする。それはもちろん、夫であるあゆむに対して。そして、ふたりの子供に対してもそうだけどね。今日はプレゼントありがとう」。

さやかにとっては、気軽なメールだったのかもしれないけど。
これは、心にしみたね。

みんなにいいかっこしたい俺もいるし、多くの女性に愛されることで自分を確認したい俺もいる。
でも、やっぱり、ひとり対ひとり。
１対１だからこそ、たどり着ける世界を俺は生きていきたい。

Brother & Sister

娘の空が産まれて、もうすぐ１年。
海と空の仲良し兄妹は、いつも寄り添って眠っている。

夜、家に帰って、寝室であのふたりの寝顔を見ると、本当に癒される。
そして、どこからともなく、パワーがわいてくる。

兄妹が仲良くしている姿を見るのは、親にとっての最大の喜びかもしれないな…。
そんなことを考えていたら、ふっと、自分の兄弟のことが頭に浮かんできた。

弟、みのる。妹、みき。
なんか、あらためて、その単語に意識を向けると、頭の中でアルバムが開かれたように、子供の頃の様々なシーンが、次々とフラッシュバックしてきた。

俺たち兄弟も、赤ちゃんの頃から、同じ部屋の中で、机を並べ、布団を並べ、膨大な時間を一緒に過ごしてきたな。本当に、いろんなことをやりながら、いろんなことを話しながら、いつも一緒に笑ったり、泣いたりしながら、子供時代を生きてきたな。

そんなことを思い出して、ちょっとセンチな気分になった。

30歳を過ぎた今でも、相変わらず、弟と妹とは仲良くやっているが、もう、仲がいいとか悪いとかいう次元を超えた、細胞レベルのLOVEが、いつもそこにある。

俺にとって、弟と妹っていうのは、ある意味、自分の一部みたいなものだから。

My Home Bar

子供たちが眠ったあと。
さやかの「ちょっと飲む？」というひと声で始まるひととき。

好きな音楽を流し、照明を落としてBARモードにした狭い自宅のリビングで、シャンパンやバーボンを飲みながらの語りタイム。

ふざけあって笑いあって終わる夜もあれば、
泣きながらマジに語り合う夜もある。

ふたりがひとつであるために。
ふたりがふたりであるために。

シンプルだけど、もっとも大切なこと。
それは、向き合って話すことなのかもしれない。

お互いの存在が近すぎて、逆に、本音が言いにくかったりもするけど。
やっぱり、一番、俺が本音を伝えなくちゃいけない相手は、さやかなんだ。

Double Fantasy

夫婦といえど、別の人間なわけだし、価値観や性格なんて不一致に決まっている。
俺とさやかにしても、似ているところより、違うところのほうがぜんぜん多い。

ただ、今回の人生はふたりで重ねよう、って決めた。
静かに、そう覚悟した。

だから、もう、幸せは、「互いに」「それぞれ」ではない。
どちらかひとりだけが幸せになることは出来ない。

いっぱいケンカしながら、いっぱい話しながら、
ムカついたり、怒ったり、抱きあったりしながら、
ふたりの幸せのカタチを重ねていこう。

俺たちは夫婦なんだ。

互いに死んじまう日まで、おもいっきり依存しあおうぜ。

Punk Rock!

久しぶりに、ブルーハーツを聴きながら過ごす夜。
まっすぐで優しくてウソのない言葉の音色に、心を打たれる。

ヤンキーやってた中学生の頃から聴いてるけど、30過ぎて子供がふたりいる父親になっても、いまだに胸にグッと来るものがあるっていうのは、マジですごい。
今まで、いろいろうまくいかないことがあってブルーになったときに、彼らの唄に何度パワーをもらったことか。心からリスペクトしてる。

すべてに共通すると思うけど、やっぱり、まっすぐで圧倒的なものが一番伝わるんだな、ということを再確認できた時間だった。

俺は、まだまだ小細工が多い。
くだらないことを考えすぎてる。
目の前の小さな結果にとらわれて、大切なものを削ってないか？
どこでそんなテクニックを覚えた？
いつからそんなこざかしい男になった？

もっと、もっと、まっすぐに、強く。
ただ、心に溢れてくる想いを、大声でシャウトすればいい。

そんな気持ちが溢れてきて、なかなか眠れない夜もあります。

She is a Dreamer.

俺は旅が多く、家を空けることも多い。

私も外に出たいとか、あゆむばっかり夢を追いかけて...とかないの？
さやかは、なにかを犠牲にしたり、我慢したりしてない？

そんなことを、さやかに聞いてみたとき。

「いつも言ってるけど、私の夢は、あゆむの妻を極めること。そして、子供たちの母を極めることだから。ちょっと大げさに言えば、家事や子育てをしている私だって、あゆむと同じように、夢を追いかけてるんだと想ってるよ」。

「ある意味で、私はあゆむファンだから、あゆむが楽しく前に進んでいくのを見ているのは嬉しいよ。まぁ、世界で一番のファンにして欲しいけどね」。

キッチンで食器を洗いながら、さやかは、そう言って笑った。

ありがとう。安心した。
俺も頑張るよ。

Woman

子供を抱いているときのさやかは、本当にいい表情をする。
恋人時代には、絶対に見せなかった顔だ。

「今回の人生は、女として生まれたしね」。
そう言って、さやかは笑った。

女として、か。
深いな。

Shopping Day

久しぶりに、子供たちを連れて、両家の実家に里帰り。
さやかと一緒に東京や横浜を歩くのは、何年ぶりだろう？

普段は、すべてにおいて子供最優先なさやかだけど。
お洒落なショッピングエリアにいるときだけは、自分の買い物最優先で、珍しくわがままな感じになっていてウケる。

さすが、元銀座ＯＬ。
あの頃のテンションがフィードバックしてくるのかな？
ふたりで世界旅行に出る前も、「私、ブランド名以外の外国語は知らないし…」って言ってたしね。

まぁ、今日は好きなだけ買いなよ。
俺も、そのために、しっかり稼ぐからよ。

Mother's Holiday

さやかも、お洒落して街を歩く日が欲しいんだろうな…。
ってことで、週に一度、「妻の休日」というものを導入することにした。

この日は１日、俺が専業主夫になって子供たちの世話をするから、さやかは遊びに行ってきていいよ。
さやかには、ひとりの女性として、いつまでもきれいでいて欲しいからさ。

なんて、かっこつけたのはいいけど、ぶっちゃけ、仕事も満載だし、毎週っていうのは、かなり大変なんですけど…。

しかも、家事とか育児とか、実際にやってみると相当にハード＆ハイレベルな仕事で、俺としては、どっちかっていうと、会社を経営してるほうが楽なくらいだ。

でも、まぁ、しかたないな。

最近は、ちょっと後悔しながらも、明るく頑張ってます。

Lonely Time

家族が増え、仲間が増え、仕事も増えて…。
日々、忙しくなればなるほど、俺は、ひとりで静かに考える時間を大切にしている。

気持ちのいいカフェで、ノートやノートパソコンを開き、大好きなアイスカフェオレとタバコを片手に、iPodで好きな曲を聴きながら。

スケジュールを整理したり、ぐちゃぐちゃになった頭を整理したり、最近の反省をしたり、誰かのことを想ったり、自分の心の声を聞いて重要な決断をしたり…。

俺にとって、このひとり作戦会議の時間は、俺が俺であるための生命線と言っていいくらい、大切な時間になっている。

頭でなんとなく考えていることを文字にしてみることで、ハッキリしたり、スッキリしたりすることは意外に多い。

シンプル＆ピースフルに生きていくために。
これからも、孤独な時間、自分と話す時間を大切にしていきたいと想ってる。

Peace Vibration

子育てで大切にしていることは？ってなことを、たまに聞かれる。

あんまり難しいことは考えていないけど。
やっぱり、「まず、親である俺とさやかが楽しく生きること」に尽きるかな。
「父ちゃんと母ちゃんを見てると、大人になるのって楽しそうだな」って子供たちが感じてくれれば、それでオッケーかなって想う。
道は自分で勝手に決めていくだろうしね。

まず、自分たち夫婦が楽しく仲良く暮らしながら、生きていくことの喜びみたいなものを、うんちくではなく、バイブレーションで伝えていきたい。

シンプルに、そんな気持ちだけは忘れないようにしてる。

I am a Father!

海の３歳の誕生日も、家族で楽しく過ごした。
海は、本当に楽しそうに、嬉しそうに、おいしそうに、いっぱいいっぱい笑ってて、こっちまで幸せな気持ちに包まれた１日だった。

海が産まれて３年。空が産まれて１年半。
大変なことも多かったし、いろいろ悩んだりもしたけど…。
海が産まれてからの３年間は、自分史上、最高に素敵な３年間だったと想う。

最近、あらためて実感しているけど、父親になるってことが、自分の人生にとって、こんなに大きなことだとは想わなかった。
20代の頃は、「まぁ、子供は可愛いだろうな」くらいにしか想ってなかったしね。

相変わらず、子供たちに対して、ムカついたりイラついたりすることもあるけど、その何百倍もビッグな感動が溢れてる。

自分の店。自分の本や出版社。世界一周。
もちろん、それらも相当な大冒険だったけど、やっぱり、父親になるってことが、俺にとって最大で最高の冒険だ。

父親になれて、本当によかった。

海。空。
俺たちを選んで産まれてきてくれて、本当にありがとう。

そして、妻のさやかに、最大のリスペクト。

More Than Words

「育児は育自」なんて言うけど、本当にそうだよな、って想う。
子供を育てることは、自分を育てること。まさに。

言葉もまともに通じない小さな子供には、絶対にウソが通じない。
あたりまえのことだけど、子供たちは、肩書きや実績や金など一切関係なく、漂わせている空気感だけで、俺という人間を判断している。
シンプルに、存在で見せるしかない。

「本当のことを教えて」。
子供たちの瞳は、いつも、俺にそう投げかけてくるような気がする。
それだけ、俺は嘘が多いのかな。

子供を育てながら、悩み、考え、試し、喜び、怒り、落ち込みながら…。
俺は、むき出しになる。
そして、俺は、自分自身の核を知る。

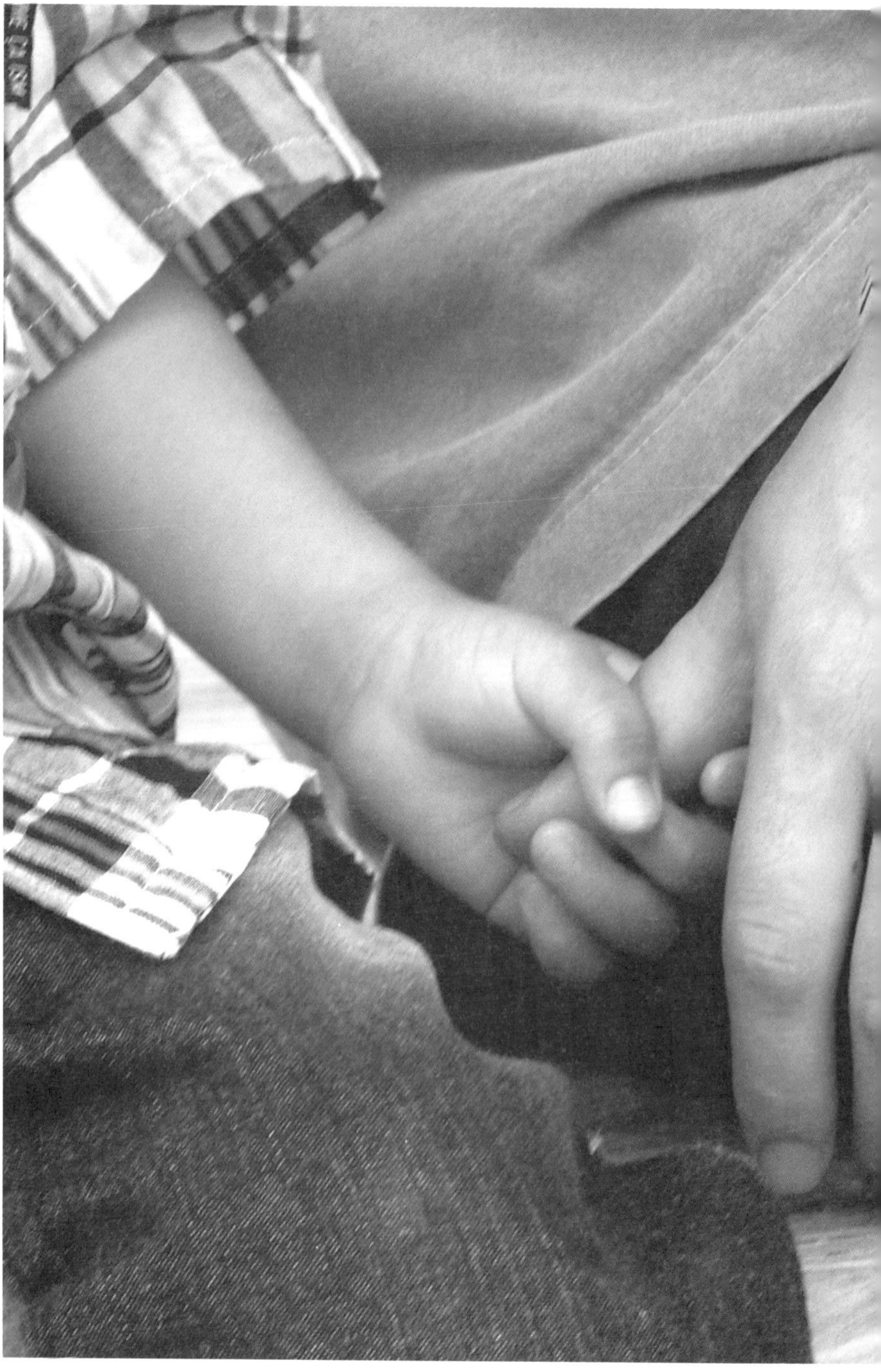

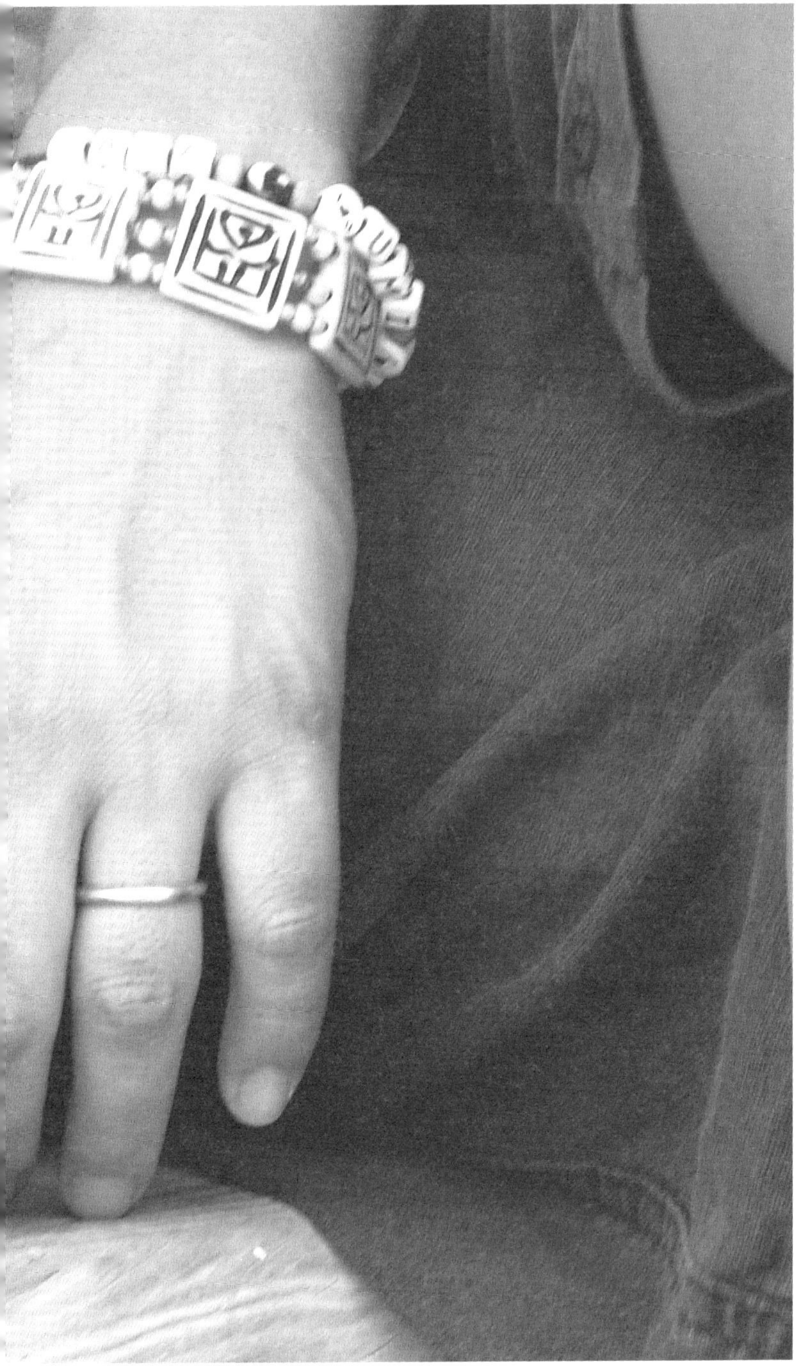

Parents

子供を育てながら、自分を育ててくれた両親のことを想う。

感じることはいろいろあるが、まだ、うまく言葉に出来ないことが多い。

ただ、俺は、自分に子供ができてみて初めて、両親に感謝する、という言葉の意味を深くかみしめている。

両親は一切口には出さないが、俺という人間をひとり育てるために、注がれた愛情やエネルギーは、想像を絶する量だろう。
そして、俺を育てるために、やりたかったけどあきらめたこともいっぱいあったはずだ。

今、俺が言えることは、ただひとつ。

このふたりの子供に産まれて、本当によかった。

それだけです。

In My Hometown

久しぶりに、横浜の実家に泊った。
父親の部屋を借りたんだけど、俺と弟と妹、3人兄弟の子供の頃の写真が部屋中にいっぱい飾ってあって、なんか、懐かしい気分になった。

夕方、妻のさやかと子供たちと一緒に、俺が高校生のときにバイトしていたスーパー「イトーヨーカドー」に買い物に行った。

茶髪で違反学生服を着てイキがっていた16歳の俺は、キッチン用品売り場の担当だったんだけど、家族で買い物に来る客に対して、いつも、「なんか、子供はうるさいし、サランラップとか鍋とか落とすし、うぜぇなぁ」くらいに想ってたんだ。

それが、まさか、17年後、自分が家族連れで、このキッチン用品売り場に来るとはね。商品のレイアウトは昔と少し変わっていたけど、相変わらず、昔の俺みたいな、やる気のなさそうなヤンキー兄ちゃんが、だるそうにバイトしてた。

16歳の俺に見えていた風景と、今の俺に見えている風景。
あれから17年経ち、今、ここに立っているけど、「人生って、大人になればなるほど楽しくなるじゃん！」って心から想える自分が嬉しい。

横浜のはずれの小さな町で、16の夏にフィードバックしながら。
愛する人たちと共に過ごすPEACEな夕方でした。

Short Trip

友人に子供を預けて、久しぶりに、さやかとふたりで旅をした。
春の沖縄で、とっても穏やかな時間が流れていた。

やっぱり子供の話題が中心だったけど、普段あんまり話したことのない、出逢った頃の話、19、20歳の頃の話なども出来て、なんかすごく新鮮だった。

あれから十年以上経って、俺にも変わったところと変わらないところがあり、さやかにも変わったところと変わらないところがある。

逢えるときも逢えないときも、貧乏なときもリッチなときも、元気なときも病気のときも...、文字通りいろいろあった中で、ずっと一緒に生きてきて、今も、ふたりで笑っている。
そして、明日への希望も溢れている。

あらゆることは変わっていくが、人の心の中には、絶対に変わらない場所がある。
俺とさやかは、きっと、そこでつながっているんだろう。

今までも。そして、これからも。

Imagine

さやかとふたりで、未来予想図を描く時間が好き。

「未来がこうなっていったら楽しいね」というイメージを交換しながら。
ふたりで、幸せのカタチを共有する時間。

まずは、数年後に迫った、世界一周。
今度は子供たちを連れて、キャンピングカーで世界を自由に放浪しようと想ってる。

そして、数年のファミリージプシーを終えてからは、大好きなハワイのビッグアイランドに新居を構えて、俺と息子の海はサーフィンと音楽に、さやかと娘の空はフラと料理に熱中する予定なんだ。

ハワイに暮らしながら、毎年、夏と冬に、それぞれ２週間くらい、子供たちをキャンプなどに参加させて、その間に、ふたりでゆっくり世界を旅したいねっていう話もしてる。
やっぱり、子供なしで行ったほうが楽しそうな場所ってのも、いっぱいあるしね。

あと、アラスカでセスナの免許を取ってブッシュパイロットになり、家族で自由に空を飛びまわれるようにもなりたいし、アフリカのケニアで動物たちに囲まれながら暮らすっていうのも楽しそうだし、おじいちゃんおばあちゃんになったら、やっぱり、京都にも住んでみたいよね…って、夢は無限に広がる。

こうして描いた未来予想図を、ひとつひとつ、現実にしていくために。
父ちゃん、今日も、頑張って仕事してます。

結婚にしても、子供にしても。
縛られるなんて言う人もいるけど、オレはピンとこない。

オレは、結婚することで、より自由になった。
オレは、子供ができたことで、より自由になった。

愛しあえばあうほど、心は自由になっていく。
大切なものがシンプルになればなるほど、心は自由になっていく。

LOVE or FREEじゃない。
LOVE & FREEなんだ。

Journey to Neverland

「結婚」という約束で始まった永い旅の途中。

俺たちは、泣いたり笑ったり、ケンカしたり抱き合ったりしながら。
今日も一緒に歩いている。

ふたりがひとつであるために。
ふたりがふたりであるために。

行こう。どこまでも。

この旅は、死ぬまで終わらない。

「今回の人生は...」

そんな、さやかの口癖が好き。

No die No live.

人生はひとつの物語。
始まりがあり、終わりがある。

影があるから光があるように。
死があるから生がある。

照れることなく。ちゃかすことなく。
たまに、ひとりで、空を見上げながら。

自分は数十年以内に死ぬ、という現実を受け入れてみる。
そして、自分の人生の残り時間を想う。

たった80年の人生じゃん。
今やんないで、いつやるんだよ。
やるだけやっちまえ！

本当の行動力や勇気は、いつもそこからやってくる。

My Lifetime

人生は80年の物語。

俺は、そういう発想で、ものを考えることが多い。
今回の人生の終了をイメージし、限られた人生の残り時間を想う。

俺は、今、33歳。
俺の場合は、人生80年設定だから、あと47年。約17000日。
TVで行く年来る年見ながら、年越しそばをあと47回食べたら、
今回の人生は終了だ。

考えたくないが、うちの両親について言えば、おそらく、あと20数年のうちに、もう二度と逢えなくなる日がやってきてしまうだろう。

そのリアルを受けて、俺はどう生きるのか。
なにを決め、なにを選ぶのか。

過去は変えられないが、未来は創っていける。

残り47年。
さて、どう使おうか？

One Road

いろいろな道がある。
でも、自分の身体はひとつしかないから、自分が歩ける道はひとつしかない。

結婚にしても、友達にしても、仕事にしても、すべて同じ。

何かを選ぶということは、何かを捨てるということ。
誰かを愛するということは、誰かを愛さないということ。

そのリアルを前向きに受け入れて、なにかを潔く選び、凛として生きていきたい。

正しい？ 正しくない？
いろいろな人がいろいろなことを言うが、最初から答えなどない。
自分が決めたこと。それが答えだ。

すべては、決めることから始まる。
決めることで、自分の中心が決まり、迷いは消えていく。

道を決めよう。
静かなる覚悟とともに。

My Rule

俺も、決して強い人間じゃない。
重要な決断になればなるほど、迷い、流され、逃げたくなる。

だからこそ、自分にとって大切なものをはっきりさせよう、と想った。
そして、それを基準に生きていこう、と想った。

「俺にとって、大切なものはこれなんだ」。
それがわかったら、すごくスッキリした。

とても、自由になった気がした。
とても、自分になった気がした。

他人のルールは、俺を縛るが、
自分のルールは、俺を解放する。

生きていくうえで大切なことは、そんなに多くない。

Desire

自分の中に、いろんな自分がいる。

どの自分を信じて決めればいいんだ？
自分にとって、本当に大切なものは何なんだ？
そう悩む夜も多い。

でも、結局さ。

自分の心の声に、耳を傾けるしかない。
自分の心の叫びに、従うしかない。
しかも、それは、絶対に自分自身にしか聴こえない。

自分はなにを望んでいるのか。
本当は、誰もが知っている。

頭でぐちゃぐちゃ考えても、悩みは膨らむだけ。
自分の胸の真ん中にあるハートに手を当てて。
そこから感じるビートに身を任せて、未来へダイブ！
俺は、いつも、そうすることに決めている。

なにが起ころうと、「すべて自分で選んだことだ」という潔さを胸に。
俺は、自分の決めた人生を、最後まで、堂々と生きていきたい。

オレは、自分を信じてる。

オレは、オレを肯定する。

Believe

自分を信じる、と書いて自信。

俺はなぜ、自分を信じているのかな？
そう想うとき、ふっと浮かぶのは、大切な人たちの顔だ。
過去の実績？ 成功体験？ 決して、そんなものじゃない。

両親、兄弟、仲間、そして、さやかや子供たち。
日々、一番近くにいる、ひとりひとり、これだけ素晴らしい人たちが俺を愛してくれているという事実。

「こんな最高の人たちに愛されている俺が、イケてないわけないじゃん！」
それが、俺の自信の源なんだと想う。

自信は得るものじゃない。持つものじゃない。
もう、そこにあるもの。思い出すもの。

ONE LOVE

幸せをくれるのも、壊すのも、すべては人との関係。

結局、身近な人たちとの関係によって、俺の幸せは創られている。

高く、広く、大きく、どこまでも成長していきたいからこそ。

ひとりひとりに愛を。
ひとつひとつに心を込めて。

すべてはそこから始まる。
すべてはつながっている。

My Priority

俺の人生においての優先順位は、シンプルで明確。

まず、今回の人生を俺と重ねてくれた妻のさやか。
そして、子供たち、両親、兄弟という家族。

その次に、同じ時間を過ごしてくれている仲間たち。

俺は、この人たちとともに、この人たちのために、生きていく。

そして、それが、いつかどこかで、世のためになればラッキーかな。

自分らしさなんて、どうでもいい。
等身大でも、そうじゃなくてもいい。

「自分」は、探さなくても、今、ここにいる。

俺は、ただ、自分の心の声に正直に。
大切な人を大切にしながら生きていきたい。

俺にとっての幸せは、きっと、そこにある。

世界の平和を願うなら、まずは、自分の心から。

愛も平和も、大声で叫ぶようなものじゃない。
静かに淡々と、広がり、つながっていくもの。

LOVE & PEACE.

Play Earth , Pray Peace.

もっともっと、地球を遊びたい。
もっともっと、たくさんの人と出逢いたい。

地球上の好きな場所に飛び込んで、その土地で何かを始め、友達を増やしながら。
泣いたり、笑ったり、怒ったり、落ち込んだりしながら。

世界が平和であるために。
まずは、世界中のリアルを肌で感じることから始めたい。

この時代、この場所に生まれた、ひとりの男として。
俺の果たすべき役割を探して。

All is One.

世界中の人の役に立つことをしたい。
そう想っている自分がいる。

なるべく多くの人に愛されたい。
そう願っている自分もいる。

でも、実際は。
病気や災害や飢餓など、今、このときも、世界中に様々な理由で苦しんでいる人たちがいることを知っているのに、平気で幸せに暮らせてしまっている俺がいる。

本当のことをいえば、俺が幸せに生きていくために、必要な人はそんなに多くない。
究極をいえば、となりでさやかが笑っていれば、俺は幸せに生きていけると想う。

自分の女さえ幸せに出来ない奴に、日本も地球も幸せに出来ない。

俺は、そこから始めたい。
それが、一番の近道だと想うから。

My Dream

世界は広いし、楽しいこともいっぱいあるし、夢はいろいろあるけれど。

俺の人生最大の夢。
それは、すごくシンプルだ。

「さやかにとってのヒーローであり続けたい」。

俺の心の真ん中が、そう叫んでる。

あなたがいるから、おれはしあわせです。

いつも。いつまでも。
あなたと一緒に生きていきたい。

I love you always & forever.

逢うべき人に出逢えることを、人は死合わせと呼びます。

逢うべき人に出逢えることを、人は幸せと呼びます。

AYUMU TAKAHASHI PROFILE

高橋歩　Ayumu Takahashi　http://www.ayumu.ch/

1972年東京生まれ。自由人。
20歳のとき、映画『カクテル』に憧れ、大学を中退し、仲間とアメリカンバー「ROCKWELL'S」を開店。2年間で4店舗に広げる。店の仲間を中心に「サークルHEAVEN」を設立。「死んだらごめんツアー」と呼ばれるギリギリのイベントを多数開催するが、運良く、死なず。23歳のとき、自伝を出すために、仲間と「サンクチュアリ出版」を設立。数々のヒット作をプロデュース。自伝の『毎日が冒険』もベストセラーに。26歳で結婚。結婚式の3日後、すべての肩書きをリセットし、妻とふたりで世界一周の大冒険に出かける。約2年間で南極から北極まで、世界数十カ国を放浪の末、帰国。2000年12月、沖縄へ移住。仲間とカフェバー＆海辺の宿「ビーチロックハウス」をオープン。現在は沖縄に住み、二児の父親として子育てに燃焼しながら、東京とNYのオフィスから出版を中心に様々な作品を生み出すファクトリー「(株) A-Works」、世界中にカフェ・レストラン・ゲストハウスなどを展開する「(株) PLAY EARTH」、沖縄に音楽と冒険とアートの溢れるアイランドビレッジを創る「(株) アイランドプロジェクト」の代表として活動中。執筆活動や全国でのトークライブ（講演）も行っている。

WORKS BOOKS&PRODUCTS

1 :『HEAVEN'S DOOR』 著／高橋歩 （サンクチュアリ出版） 1995
2 :『毎日が冒険』 著／高橋歩 （サンクチュアリ出版） 1997
3 :『SANCTUARY』 著／高橋歩・磯尾克行 （サンクチュアリ出版） 1999
4 :『LOVE&FREE』 写真・文／高橋歩 （サンクチュアリ出版） 2001
5 :『ADVENTURE LIFE』 著／高橋歩 （A-Works） 2003
6 :『人生の地図』 編著／高橋歩 （A-Works） 2003
7 :『パパ・BOOK』 制作／A-Works （A-Works） 2005
8 :『WORLD JOURNEY』 編著／高橋歩 （A-Works） 2005
9 :『LOVE&FREE NY EDITION』 写真・文／高橋歩 （A-Works） 2006
α :『DEAR.WILDCHILD』(vol.1-5) 写真・文／高橋歩 （通販限定） 2000

NOW A-WORKS / PLAY EARTH / ISLAND PROJECT

FACTORY A-WORKS

東京＆N.Y.のファクトリーで作品を創っています

『株式会社 A-Works』代表取締役

東京（四谷・下北沢）＆ニューヨーク（イーストビレッジ）のファクトリーで、気の合う仲間たちとセッションしながら、出版を中心に、映像や音楽からポストカードやオムツまで、さまざまな作品を生み出しています。2006年6月、A-Worksプロデュースの Bar「FREE FACTORY」が東京（下北沢）にオープン。FREE SOUL を持った人々が集まり、出逢い、セッションしながら、新しいもの、気持ちいいものが、どんどん生まれています。

FACTORY A-WORKS official site　http://www.a-works.gr.jp/

PLAY EARTH

世界中の気に入った場所にアジトを創っています

『株式会社 PLAY EARTH』代表取締役

地球を遊ぼう！ということで、世界中を旅しながら、気に入った場所にカフェ・レストラン・ゲストハウスなどを創る会社を始めました。まず2006年夏に、故郷である日本の首都・東京（西麻布）にレストランバーをオープンします。そして、今後もライフワークとして、1年に1店くらいのペースでゆるりゆるりと世界中に広げていく予定です。

PLAY EARTH official site　http://www.playearth.jp/

ISLAND PROJECT

沖縄でアイランドビレッジを運営しています

『株式会社アイランドプロジェクト』代表取締役

大好きな沖縄で、大きな海と空に包まれながら、音楽と冒険とアートの溢れるアイランドビレッジを運営しています。自然素材を生かした手創りのコテージや、世界のテントなどの宿泊スペースがあり、採りたて野菜をふんだんに使った料理やうまい酒が楽しめ、樹の上の家・ツリーハウスカフェで、コーヒー片手に読書ができたり、普通の観光では味わえないツアーやイベントも開催しています。沖縄が好きな人も、気持ちいいECOや自給自足の暮らしに興味がある人も、ぜひ、一度、遊びに来てください。

ISLAND PROJECT official site　http://www.shimapro.com/

イツモ。イツマデモ。

I love you always & forever

2006年6月25日　初版発行
2011年3月15日　第4刷発行

著　者　　高橋　歩

デザイン　高橋　実
編集・制作　滝本洋平
プロデュース　磯尾克行
アシスタント　森木妙子／大津祐子
経　理　二瓶　明

発行者　高橋　歩

発行・発売　株式会社 A-Works
東京都世田谷区北沢2-33-5　下北沢TKSビル3階　〒155-0031
TEL：03-6683-8463　FAX：03-6683-8466
URL：http://www.a-works.gr.jp/

営業　株式会社サンクチュアリ・パブリッシング
TEL：03-5775-5192　FAX：03-5775-5193

印刷・製本　中央精版印刷株式会社

PRINTED IN JAPAN
ISBNコードはカバーに表記しております。落丁本、乱丁本は送料負担でお取り替えいたします。